RATUS POCHE

COLLECTION DIRIGÉE PAR JEANINE ET JEAN GUION

Clara et la robe de ses rêves

Baptiste et Clara

- Baptiste et le requin
- Baptiste et Clara contre le vampire
- Baptiste et Clara contre le fantôme
- Clara et la robe de ses rêves
- Clara et le secret de Noël
- Les vacances de Clara
- Clara fait du cinéma
- Baptiste et Clara contre l'homme masqué
- Clara superstar
- Clara et le garçon du cirque
- Clara reine des fleurs
- Clara et le cheval noir

© Hatier Paris 2003, ISSN 1259 4652, ISBN 978-2-218-74308-5

Clara
et la robe de ses rêves

Une histoire d'Olivier Daniel
illustrée par François Foyard

HATIER

Mme Lemeur
et son caniche
Judith
Mme Loiseau
Baptiste

Les personnages de l'histoire

À Laura.

1

En rentrant chez elle, Clara s'arrêta net devant une robe rouge exposée dans la vitrine d'un magasin de mode. Cette robe rouge, elle était superbe ! Elle n'en avait jamais vu d'aussi jolie. Il la lui fallait absolument pour l'anniversaire de Julien Bouthier, le plus beau garçon de sa classe. La fête avait lieu le lendemain…

Clara se voyait déjà dans sa nouvelle robe rouge. Julien ne verrait qu'elle, ne danserait qu'avec elle. Lucie Vauban, sa pire ennemie, en serait folle de jalousie.

Soudain, elle remarqua une étiquette accrochée dans le bas de la robe. Sur l'étiquette, le prix était écrit : 30 euros. Clara pâlit. Elle n'avait que douze euros dans sa tirelire. Comment pourrait-elle gagner l'argent qui lui manquait pour acheter la robe de ses rêves ? Elle se tourna de côté et vit la vitrine de sa boulangerie préférée. Elle se rappela que, dans ce magasin, il y avait des petites annonces proposant de garder des enfants, de laver des voitures ou de tondre des pelouses. Avec un peu de chance, elle trouverait un travail… et la robe serait à elle !

Clara entra dans la boulangerie et s'approcha d'un panneau recouvert de morceaux de papier. Elle commença à lire les offres d'emplois et en vit bientôt une qui l'intéressa : « Mme Lemeur cherche une personne aimant les animaux pour promener son chien Ricky une demi-heure par jour… » Suivait un numéro de téléphone. Clara l'écrivit dans le creux de sa main, puis elle rentra chez elle.

Quelques instants plus tard, elle téléphonait à Mme Lemeur. Celle-ci lui donna rendez-vous dans son pavillon. Clara s'y 1
rendit tout de suite, mais hésita avant d'appuyer sur la sonnette. Elle se demandait maintenant si Ricky était un gros chien méchant qui allait la mordre.

– Entre ! cria Mme Lemeur à travers l'une de ses fenêtres.

Clara poussa une grille, traversa un jardin et pénétra dans une cuisine sombre. Mme Lemeur l'y attendait. C'était une vieille dame qui se déplaçait avec une canne. Son chien Ricky, un caniche au poil roux, n'avait rien d'un monstre. Il semblait dormir sur un petit tapis.

Qu'est-ce que Ricky n'aime pas du tout ?

– Fais attention, dit Mme Lemeur. Ricky déteste les cyclistes. Dès qu'il en voit un, il court vers lui pour le faire tomber. Il faut l'en empêcher, le tenir solidement en laisse. En seras-tu capable ?

– Oh oui ! répondit Clara, pressée de commencer son travail.

– Et surtout ne perds pas Ricky, reprit Mme Lemeur. Si je ne le revoyais plus, je crois que je pourrais en mourir de chagrin.

Clara hocha la tête, prit la laisse du caniche et l'emmena pour sa première balade.

2

Après avoir marché vingt mètres dans la rue, Clara pensa que la vieille dame avait oublié de lui dire combien elle serait payée. Soudain, un jeune homme sur une bicyclette la dépassa. Ricky aboya et s'élança vers lui. Clara sentit la laisse lui échapper.

– Ricky, reviens ! cria-t-elle en courant derrière le caniche.

Le cycliste pédalait de toutes ses forces et
tourna vers la gauche, dans une ruelle. Le 2
chien le suivit. Lorsque, à son tour, Clara arriva dans la ruelle, elle était hors
d'haleine. Elle regarda de tous côtés et ne 3
vit pas Ricky. Elle avait perdu le caniche

et faillit éclater en sanglots. Par sa faute, Mme Lemeur allait peut-être mourir de chagrin…

Clara longea la ruelle et arriva sur une place déserte. Là, elle aperçut une boule de poils, qui dépassait d'un buisson.

– C'est toi, Ricky ? murmura-t-elle.

Elle s'approcha du buisson en retenant son souffle. Elle avait peur que le chien de Mme Lemeur se sauve, ou qu'il soit blessé… Mais il était occupé à ronger un os et semblait en pleine forme. Clara poussa un soupir de soulagement, attrapa la laisse de Ricky et le ramena à sa maîtresse.

– Tout s'est bien passé ? demanda Mme Lemeur.

Clara fit oui de la tête et reçut deux euros.

– Tu reviens demain, à la même heure ? ajouta la vieille dame.

Où est caché Ricky ?

– Impossible, hélas ! répondit Clara qui ne voulait pas prendre le risque de perdre Ricky pour de bon.

En rentrant chez elle, Clara vit un
podium, installé près de la mairie. Un 4
homme criait dans un micro :

– Écoutez, les enfants ! Participez à notre grand jeu et gagnez un bon d'achat de vingt euros, valable dans tous les magasins de la ville !

Clara s'approcha du podium. Si par bonheur elle gagnait au grand jeu, elle pourrait s'offrir la robe de ses rêves !

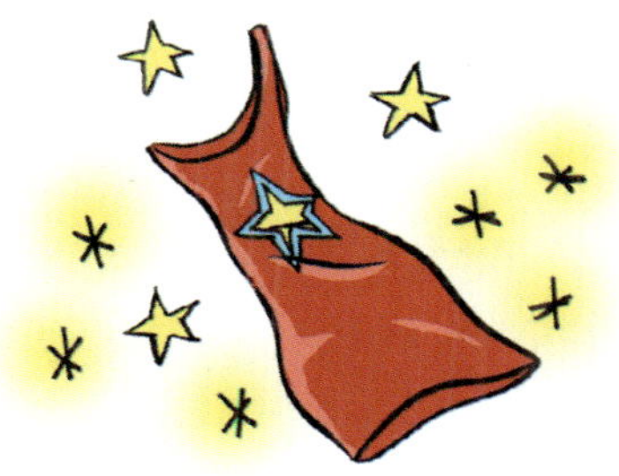

3

Clara rejoignit d'autres enfants sur le podium. L'homme qui parlait dans le micro leur expliqua le principe du jeu :

– Je vais vous poser des questions simples, dit-il. Vous aurez cinq secondes pour écrire les réponses sur une petite ardoise. Celui ou celle qui donnera une mauvaise réponse sera éliminé. Le dernier à rester sur le podium sera le grand vainqueur et recevra un bon d'achat de vingt euros, offert par les commerçants de la ville.

Clara prit une ardoise, une craie et un chiffon. Puis elle vint se placer à côté des

autres enfants. Elle ne put pas voir leur visage, car un des projecteurs qui éclairaient le 5
podium était mal réglé et l'éblouissait.

– Première question, dit l'homme au micro. Quelle est la capitale de l'Italie ?

Clara sourit et écrivit « Rome » sur son ardoise, bien avant les cinq secondes accordées pour répondre. Elle était sûre d'elle. La semaine dernière, elle avait étudié l'Italie en classe. Elle pensa que si toutes les questions étaient aussi faciles que celle-ci, les vingt euros seraient bientôt à elle. Elle se vit entrer dans le magasin de mode pour acheter la robe rouge…

– C'est fini ! cria l'homme. Montrez-moi vos ardoises.

Clara montra la sienne. L'homme la félicita. Il félicita aussi trois autres concurrents. Mais en revanche les autres furent 6 éliminés. Ils avaient répondu Venise, Milan et même Madrid !

– Deuxième question, reprit l'homme. Comment s'appelle le plus haut sommet de France ?

Clara sourit encore et écrivit « le mont Blanc ». Une nouvelle fois elle était sûre d'elle. Son père, trois jours plus tôt, lui avait posé la même question. À présent, elle était en pleine confiance. Pour un peu, elle aurait chanté de joie.

– Il fallait répondre le mont Blanc ! dit l'homme.

Deux autres concurrents furent encore éliminés. Clara nettoya son ardoise, impatiente de répondre à la troisième question.
Il ne lui restait plus qu'un adversaire à 7
battre. Ce serait un jeu d'enfants.

– Êtes-vous prêts pour la prochaine

question ? commença l'homme.

– Une minute s'il vous plaît, j'ai laissé tomber ma craie ! fit une voix.

Clara sursauta. Cette voix, elle la connaissait bien. Elle se tourna vers sa gauche, fronça les sourcils à cause des projecteurs et reconnut Romain Mirail, le premier de sa classe. Romain savait toujours tout sur tout : un vrai dictionnaire ! D'ailleurs, on l'avait surnommé « le Dico ».

– Salut Clara, dit-il.

Elle ne lui répondit pas. Il ramassa sa craie, nettoya son ardoise, fit signe à l'homme qu'il était prêt. Clara serra les dents, consciente qu'elle avait désormais très peu de chances de gagner. Elle sentit une grosse boule dans sa gorge.

– Voici la troisième question, dit l'homme : quel est le nom du fleuve qui traverse Paris ?

Quelle est l'ardoise de Clara à la fin du jeu ?

Clara grimaça. Elle pensa d'abord à la Seine. Puis elle pensa à la Garonne, au Rhône et au Rhin. Elle transpirait. Elle laissa tomber son ardoise, la ramassa, vit le visage calme de Romain, à côté d'elle. Lui devait connaître la bonne réponse. Il savait toujours tout sur tout. Elle eut envie de le pousser…

– Montrez-moi vos ardoises ! dit l'homme.

Clara regarda la sienne. Elle n'avait rien écrit dessus. Elle quitta le podium en courant, bousculant Romain au passage.

De retour chez elle, elle s'allongea sur son lit et resta immobile. Elle était triste. Jamais elle ne pourrait gagner assez d'argent pour acheter la robe rouge. À moins que…

Clara se redressa d'un bond. Elle venait d'avoir une idée formidable.

4

Le lendemain matin, Clara se réveilla de bonne heure. C'était un samedi. Elle s'habilla sans bruit et sortit de son armoire une grande boîte en plastique. Dans cette boîte, elle avait rangé des coquillages et
trois galets rapportés de ses dernières 9
vacances en Bretagne.

Clara alla ensuite dans le garage. Là, elle trouva du fil de nylon, des épingles, des ciseaux et un marteau. Elle fit des petits trous dans les coquillages. Puis elle coupa
le fil de nylon en dix morceaux d'égale lon- 10
gueur, dans lesquels elle enfila les coquillages. Elle obtint ainsi dix jolis colliers.

Clara fouilla dans un carton et y dénicha des petits pots de peinture et un pinceau. Elle commença à peindre les trois galets. Sur le premier elle peignit un voilier, sur le second un parasol multicolore, et sur le troisième un crabe avec d'énormes pinces.

Ce travail terminé, elle alla chercher une feuille de papier cadeau. Elle la plia et la mit au fond de la boîte en plastique.

En attendant que la peinture soit sèche, Clara alla se préparer un chocolat chaud. Ses parents et son frère Baptiste la rejoignirent bientôt dans la cuisine.

– Au fait, lui dit sa mère, l'anniversaire de Julien, c'est ce soir ?

– Oui, répondit Clara. À cinq heures.

– Vous allez danser ? demanda Baptiste.

Clara haussa les épaules. Elle n'aimait pas quand son frère se mêlait de ses histoires.

Que vend Clara ?

Les parents partirent en voiture au supermarché. À peine eurent-ils disparu que Clara retourna dans le garage. Elle rangea dans la boîte les colliers de coquillages et les galets peints. Elle la prit et sortit discrètement de chez elle. Elle ne voulait pas que Baptiste sache où elle allait.

– Un euro le collier des îles ! Deux euros le galet peint à la main ! cria Clara.

Elle s'était installée sur le marché à la
brocante qui avait lieu chaque samedi à 11
côté du marché municipal. À sa droite, un barbu criait plus fort qu'elle pour vendre ses chaises et ses vieux tableaux. À sa gauche, une femme tirait les gens par la manche pour leur montrer sa vaisselle ancienne.

Clara avait posé ses colliers de coquillages et ses galets sur la boîte. Mais depuis un quart d'heure qu'elle était là, elle n'avait encore rien vendu. Personne ne s'intéressait à elle. Elle qui croyait avoir eu une idée formidable…

Tout à coup, un homme s'approcha et lui demanda :

– Combien coûte le galet sur lequel il y a un crabe ?

– Deux euros, répondit Clara.

– Mon fils aime beaucoup les crabes, dit l'homme. Je vais le lui offrir.

– J'ai du très beau papier cadeau, ajouta Clara.

– Alors fais-moi un joli paquet. Je viendrai le chercher dans cinq minutes.

L'homme lui donna deux euros et s'éloigna. Clara, joyeuse, se mit au travail. Elle pensait qu'elle n'avait plus que quelques colliers à vendre et la robe serait à elle. Ce

soir, Julien ne regarderait qu'elle, ne danserait qu'avec elle. Lucie Vauban, sa pire
ennemie… Clara écarquilla les yeux. Lucie 12
Vauban était devant elle, avec sa mère.

– Oh, les magnifiques colliers ! dit Mme Vauban.

– Mais non, maman, ils sont affreux ! s'exclama Lucie avec une grimace de dégoût. Vraiment affreux !

Tout le monde l'entendit. Clara devint rouge de colère. Lucie eut un sourire de triomphe, mais sa mère lui lança un regard noir et la tira par le bras. Clara, elle, eut envie de lui arracher ses grosses nattes blondes.

5

Clara était à nouveau dans sa chambre, allongée sur son lit, au bord des larmes. La fête chez Julien commençait dans trois heures. Elle n'irait pas. Elle en voulait à Romain Mirail, à Lucie Vauban, au monde entier. Jamais elle n'aurait la robe rouge. Jamais elle ne danserait. C'était terrible. Elle serait malheureuse toute sa vie.

– Clara ? cria Baptiste à travers la porte de sa chambre. Peux-tu me prêter des CD ?

– Non ! hurla-t-elle. Laisse-moi tranquille !

Son frère insista. Elle se mit en colère, le traita de pleurnicheur et de cochon idiot. Et comme si cela ne suffisait pas, elle ajouta :

– Vilain crapaud !

– Hippopotame ! répliqua-t-il. Sorcière sans dents ! Limace baveuse ! Vipère poilue !

– Pourquoi vous disputez-vous ? demanda Mme Loiseau en entrant soudain dans la chambre de sa fille.

– C'est Baptiste ! répondit Clara.

– C'est Clara ! répondit Baptiste, resté dans le couloir. Elle ne veut jamais rien me prêter. Elle est méchante !

– Dommage, soupira Mme Loiseau en se tournant vers Clara. Moi qui voulais t'offrir une robe pour l'anniversaire de Julien…

Clara faillit tomber à la renverse.

Une demi-heure plus tard, tout était arrangé. Clara avait prêté des CD à son frère. Maintenant elle allait acheter la robe

Qu'est-ce que Mme Loiseau propose d'acheter à Clara ?

rouge avec sa mère. Elle était folle de joie et sautillait sur le trottoir. Elle se voyait déjà danser avec Julien… Pour être plus belle encore, elle mettrait un collier de coquillages. « C'est moi qui l'ai fait », dirait-elle à Julien. Il la féliciterait. Alors elle lui offrirait un galet peint. Lucie Vauban en serait malade de jalousie.

– À quoi penses-tu ? lui demanda sa mère.

– À rien.

Elles venaient d'arriver devant le magasin de mode. Clara s'approcha de la vitrine, chercha des yeux la robe rouge, ne la vit pas. Que s'était-il passé ? Y avait-il eu un vol ? Mme Loiseau prit la main de sa fille et l'entraîna dans la boutique.

Une jeune vendeuse les accueillit avec un large sourire. Clara lui sourit à son tour, malgré son inquiétude. Puis elle

contourna des cintres chargés de chemisiers 13
et vit alors dans une grande glace sa pire ennemie en train d'essayer la robe rouge.

– C'est la dernière ? demanda Lucie en apercevant Clara.

– Oui, répondit la vendeuse. Mais j'en ai d'autres en bleu, si tu veux.

– Non, je veux la rouge, dit Lucie.

– Tu as raison, lui dit Mme Vauban, assise sur une chaise. Cette couleur te va à merveille.

Clara resta immobile et sans voix. Sa
déception était immense. Elle ne réagit 14
même pas lorsqu'elle croisa le regard de 15
Lucie, un regard de triomphe. Sa pire ennemie sortit ensuite du magasin, emportant avec elle la robe rouge de ses rêves.

6

Clara avait enlevé son collier de coquillages et tournait maintenant dans sa chambre comme un lion en cage. Sa mère avait insisté pour lui offrir une robe bleue. À présent, elle ressemblait à un bébé. Il ne lui manquait plus que deux petites couettes dans les cheveux et tout le monde se moquerait d'elle, à la fête.

– Tu es prête, ma chérie? cria Mme Loiseau.

– J'arrive, maman, répondit-elle du bout des lèvres.

Elle prit le galet qu'elle voulait offrir à Julien et le trouva tout à coup très laid.

Qu'est-ce que Clara veut offrir à Julien ?

Mais elle l'emporta finalement en pensant qu'elle pourrait le laisser tomber sur les pieds de Lucie. Puis elle rejoignit sa mère dans le salon.

– Tu serais plus belle encore avec deux petites couettes, lui dit Mme Loiseau.

Clara garda le silence.

– Comme tu voudras, ma chérie.

Elles montèrent en voiture. Clara se sentait mal. Elle avait peur que Julien ne la regarde même pas, dans sa ridicule robe bleue. Il préférerait de beaucoup la robe rouge de Lucie et ne danserait qu'avec elle… Clara ne voulait pas voir cela.

Mais il était trop tard pour rebrousser
chemin. Elle aurait dû faire croire qu'elle 16
avait de la fièvre. D'ailleurs elle était sûre qu'elle en avait. Ses joues étaient brûlantes. Et plus la voiture approchait de la maison

de Julien, plus elle avait chaud. Elle se mit à transpirer pendant que sa mère lui racontait sa toute première fête.

– C'était il y a longtemps, dit Mme Loiseau. Moi aussi j'avais une belle robe…

Clara baissa sa vitre pour respirer de l'air frais et aperçut Romain Mirail, qui lui fit de grands signes. La voiture s'arrêta. Clara en descendit et entendit que sa mère viendrait la chercher à huit heures.

– Salut, lui dit Romain. Tu sais ce que j'ai acheté avec les vingt euros gagnés sur le podium ?

– Un dictionnaire, répondit Clara.

– Comment as-tu deviné ? fit Romain, les yeux ronds.

Les yeux de Clara, eux, étaient braqués 17
sur la maison de Julien.

7

Quelques instants plus tard, Clara était dans un garage décoré avec des ballons multicolores, en compagnie d'une dizaine d'enfants de sa classe. Une chaîne hi-fi diffusait de la musique, mais personne ne dansait. Julien et ses copains buvaient du jus d'orange et parlaient à voix basse. Lucie faisait admirer sa belle robe rouge à ses copines. Romain avait trouvé un livre et le feuilletait. Clara était déçue. Elle qui rêvait tant de danser…

Soudain la grande sœur de Julien entra dans le garage. Elle s'appelait Judith et était déjà au lycée.

Que cherchent les enfants ?

– Écoutez-moi tous ! dit-elle. Le gâteau d'anniversaire de Julien est caché dans le jardin. Vous allez faire deux équipes et vous le chercherez. Celle qui le trouve gagnera des surprises…

Julien et Romain furent désignés chefs d'équipe. Puis ils durent choisir celles et ceux qui les aideraient à gagner le jeu. Bientôt Julien eut à choisir entre Clara et Lucie. Il les regarda l'une et l'autre. Clara était certaine qu'il préférerait Lucie, à cause de la robe rouge. Elle n'aurait jamais dû venir…

– Je prends Clara dans mon équipe, dit tout à coup Julien.

Elle sentit son cœur battre plus fort et se jura de trouver le gâteau.

Mais une fois dans le jardin, la tâche lui parut difficile. Il y avait beaucoup de buissons et d'endroits à fouiller. Tout le monde courait dans tous les sens. Lucie se précipita vers une cabane. Romain tenta d'escalader un arbre. Julien remua des feuilles mortes. Clara s'approcha d'un massif de fleurs. Le gâteau n'y était pas. Elle alla ensuite vers un puits, derrière lequel elle vit un tas de bois. C'est alors qu'elle aperçut le gâteau, posé sur deux grosses bûches.

– Je l'ai ! cria-t-elle. Je l'ai trouvé !

Julien la rejoignit aussitôt et lui sourit, content de la victoire de son équipe. Lucie, elle, grimaçait. Elle avait sali sa robe rouge.

8

Comme promis, Judith distribua des surprises. Chacun eut droit à un petit paquet, même les membres de l'équipe perdante. Clara reçut un joli collier. Elle le mit autour de son cou pendant que Julien regardait ses cadeaux.

Lorsqu'il prit le galet offert par Clara, il lui sourit de nouveau, en voyant le voilier qui était peint sur la pierre.

– Mon frère aime beaucoup les bateaux, dit Judith à Clara.

À son tour, Clara sourit. Puis Judith cria :

– Et maintenant, vous allez tous danser !

Les garçons protestèrent. Ils n'avaient

Avec qui Julien va-t-il danser ?

pas envie de danser. Les filles, au contraire, étaient très contentes, surtout Lucie qui s'était rapprochée de Julien. Clara retint son souffle. Son rêve allait-il se réaliser ?

– Qui aime la couleur rouge ? demanda soudain la sœur de Julien.

– Moi ! répondit Romain.

Alors Judith prit la main de Romain et celle de Lucie : ils durent danser ensemble.

– Qui aime la couleur bleue ? reprit Judith.

Clara ferma les yeux. Elle était la seule fille, invitée à la fête, à porter une robe bleue.

– Moi, répondit une voix.

Quelques secondes plus tard, des mains se posèrent sur les épaules de Clara. Elle ouvrit les yeux et vit Julien. Ils se mirent à danser. Clara trouvait maintenant que sa robe lui allait très bien. Elle était heureuse.

1
un **pavillon**
Petite maison.

2
une **ruelle**
Petite rue étroite.

3
hors d'haleine
Elle était essoufflée après avoir couru.

4
un **podium**
Estrade sur laquelle on monte pour être vu de loin.

5
un **projecteur**

6
les **concurrents**
Tous ceux qui participent à une même épreuve pour gagner.

7
un **adversaire**
Personne à qui on s'oppose dans un jeu ou un sport.

8
un **fleuve**
Rivière qui se jette dans la mer.

9
un **galet**
Gros caillou arrondi, qu'on trouve au bord de la mer ou d'un torrent.

10
du fil de **nylon**
Fil très fin et résistant.

11
un marché à la **brocante**
Marché où l'on peut vendre et acheter de vieux objets.

12
Clara **écarquilla** les yeux
Elle ouvrit grand les yeux.

13
un **cintre**

14
sa **déception** était immense
Elle était déçue, très triste.

15
elle **croisa le regard** de Lucie
Clara et Lucie se regardent en même temps.

16
rebrousser chemin
Faire demi-tour.

17
braqués sur la maison
Dirigés vers la maison.

Les aventures du rat vert

- 1 Le robot de Ratus
- 3 Les champignons de Ratus
- 6 Ratus raconte ses vacances
- 8 Ratus et la télévision
- 15 Ratus se déguise
- 19 Les mensonges de Ratus
- 21 Ratus écrit un livre
- 23 L'anniversaire de Ratus
- 26 Ratus à l'école du cirque
- 29 Ratus et le sapin-cactus
- 36 Ratus et le poisson-fou
- 40 Ratus et les puces savantes
- 46 Ratus en ballon
- 47 Ratus père Noël
- 50 Ratus à l'école
- 54 Un nouvel ami pour Ratus
- 57 Ratus et le monstre du lac
- 1 Ratus chez le coiffeur
- 2 Ratus et les lapins
- 9 Ratus aux sports d'hiver
- 13 Ratus pique-nique
- 23 Ratus sur la route des vacances
- 27 La grosse bêtise de Ratus
- 38 Ratus chez les robots
- 41 Ratus à la ferme
- 46 Ratus champion de tennis
- 56 Ratus et l'œuf magique
- 60 Ratus et le barbu turlututu
- 8 La classe de Ratus en voyage
- 12 Ratus en Afrique
- 16 Ratus et l'étrange maîtresse
- 26 Ratus à l'hôpital
- 29 Ratus et la petite princesse
- 31 Ratus et le sorcier
- 33 Ratus gardien de zoo
- 47 En vacances chez Ratus

Les aventures de Mamie Ratus

- 7 Le cadeau de Mamie Ratus
- 39 Noël chez Mamie Ratus
- 3 Les parapluies de Mamie Ratus
- 8 La visite de Mamie Ratus
- 31 Le secret de Mamie Ratus
- 5 Les fantômes de Mamie Ratus

Ralette, drôle de chipie

- 10 Ralette au feu d'artifice
- 11 Ralette fait des crêpes
- 13 Ralette fait du camping
- 18 Ralette fait du judo
- 22 La cachette de Ralette
- 24 Une surprise pour Ralette
- 28 Le poney de Ralette
- 38 Ralette, reine du carnaval
- 45 Ralette, la super-chipie !
- 51 Joyeux Noël, Ralette !
- 56 Ralette, reine de la magie
- 4 Ralette n'a peur de rien
- 6 Mais où est Ralette ?
- 20 Ralette et les tableaux rigolos
- 44 Les amoureux de Ralette
- 48 L'idole de Ralette
- 11 Ralette au bord de la mer
- 34 Ralette et l'os de dinosaure

Les histoires de toujours

- 27 Icare, l'homme-oiseau
- 32 Les aventures du chat botté
- 35 Les moutons de Panurge
- 37 Le malin petit tailleur
- 41 Histoires et proverbes d'animaux
- 49 Pégase, le cheval ailé
- 26 Le cheval de Troie
- 32 Arthur et l'enchanteur Merlin
- 36 Gargantua et les cloches de Notre-Dame
- 43 La légende des santons de Provence
- 49 Les malheurs du père Noël
- 52 À l'école de grand-père
- 21 L'extraordinaire voyage d'Ulysse
- 27 Robin des Bois, prince de la forêt
- 36 Les douze travaux d'Hercule
- 40 Les folles aventures de Don Quichotte
- 46 Les mille et une nuits de Shéhérazade
- 49 La malédiction de Toutankhamon
- 50 Christophe Colomb et le Nouveau Monde

Super-Mamie et la forêt interdite

- 42 Super-Mamie et le dragon
- 43 Le Noël magique de Super-Mamie
- 44 Les farces magiques de Super-Mamie
- 48 Le drôle de cadeau de Super-Mamie
- 59 Super-Mamie et le coiffeur fou
- 42 Au secours, Super-Mamie !
- 45 Super-Mamie et la machine à rétrécir
- 50 Super-Mamie, sirène magique
- 57 Super-Mamie, dentiste royale
- 37 Le mariage de Super-Mamie
- 39 Super-Mamie s'en va-t-en guerre !

L'école de Mme Bégonia

- 11 Drôle de maîtresse
- 14 Au secours, le maître est fou !
- 16 Le tableau magique
- 25 Un voleur à l'école
- 33 Un chien à l'école
- 47 Bonjour, madame fantôme !

La classe de 6e

- 14 La classe de 6e et les hommes préhistoriques
- 17 La classe de 6e tourne un film
- 24 La classe de 6e au Futuroscope
- 30 La classe de 6e découvre l'Europe
- 35 La classe de 6e et les extraterrestres
- 42 La classe de 6e et le monstre du Loch Ness
- 44 La classe de 6e au Puy du Fou
- 48 La classe de 6e contre les troisièmes

Collection Ratus Poche

Collection Ratus Poche

Les imbattables

- 54 La rentrée de Manon
- 58 Barnabé est amoureux !
- 55 Le chien de Quentin
- 61 Le courage de Manon

Baptiste et Clara

- 30 Baptiste et le requin
- 35 Baptiste et Clara contre le vampire
- 37 Baptiste et Clara contre le fantôme
- 40 Clara et la robe de ses rêves
- 51 Clara et le secret de Noël
- 53 Les vacances de Clara
- 59 Clara fait du cinéma
- 22 Baptiste et Clara contre l'homme masqué
- 32 Baptiste et le complot du cimetière
- 38 Clara superstar
- 41 Clara et le garçon du cirque
- 43 Clara, reine des fleurs
- 45 Clara et le cheval noir
- 51 Clara et le dauphin

Francette top secrète

- 52 Mystère à l'école
- 53 Drôle de momie !
- 55 Mission Noël
- 58 Enquête à quatre pattes
- 60 Le fantôme de Trucmachin

Conception graphique couverture : Pouty Design
Conception graphique intérieur : Jean Yves Grall • mise en page : Atelier JMH

Imprimé en France par Pollina, 84500 Luçon - n° L50514
Dépôt légal n° 30590 - juin 2009